Licencia editorial por cesión de Edicions Bromera, SL (www.bromera.com).

Título original: *Els fantasmes no truquen a la porta*
© Eulàlia Canal Iglesias, 2016
Traducción: Teresa Broseta Fandos, 2016
© Ilustraciones: Rocio Bonilla Raya, 2016
© Algar Editorial, SL
    Apartado de correos, 225 - 46600 Alzira
    www.algareditorial.com
Impresión: Liberdúplex

1ª edición: marzo, 2016
4ª edición: juliol, 2017
ISBN: 978-84-9845-823-7
DL: V-331-2016

Los FANTASMAS

no llaman a la PUERTA

Eulàlia Canal
Rocío Bonilla

algar
editorial

Oso y Marmota se encuentran cada tarde.
Juegan a los dardos y a encontrar tesoros escondidos.

Oso baila y Marmota canta, como si fueran estrellas.
Los dos se mueren de risa.

Al atardecer, se tumban bajo los
árboles y contemplan los dibujos
que las ramas y las hojas plasman
en el cielo.

Una tarde fría como
un cubito de hielo,
Oso anunció con una sonrisa:
–Hoy vendrá Pato a jugar con nosotros.
A Marmota no le gustaba Pato. Ni Pato ni ningún
otro animal que viniera a estropear sus tardes con Oso.

Mientras Oso estaba ocupado cocinando un pastel para merendar, Marmota preparó un cartel que decía:

¡NO MOLESTEN,
NO ESTAMOS!

Y lo colgó en la puerta.

No habían pasado ni tres saltos de marmota
cuando llamaron: toc-toc.
Oso había ido a la despensa a buscar
moras para hacer un zumo y Marmota
corrió a abrir.
Era Pato, con una sonrisa de oreja a oreja.
–¿Es que no sabes leer? –le
ladró Marmota.

–Sí, pero tengo una pregunta –dijo Pato.

–¿Qué pregunta?

–¿Cómo podría molestaros si no estáis?

–Es que estamos, pero no del todo... ¡De hecho, somos fantasmas! –resopló Marmota.

Y, a continuación, escribió en letras grandes encima del cartel:

¡SOMOS FANTASMAS!

Y le cerró la puerta a Pato en todo el pico.

–¿Ha llegado Pato? –preguntó Oso desde la cocina.

–No, no, era... esto... un vendedor de regaderas –se inventó Marmota.

–¿Un vendedor de regaderas? ¡Qué raro! –pensó Oso.

–¿Jugamos una partida a los dardos? –propuso Marmota.

–Quiero esperar a Pato... empieza a preocuparme... a lo mejor...

–Bueno, ya sabes que los patos son despistados y se emboban con cualquier cosa.

–Hum… ¿Y si se ha perdido? –se imaginó Oso.

–Tengo hambre… ¿Y si empezáramos a comernos el pastel? –intentó distraerlo Marmota.

–A lo mejor le ha pasado algo… Iré a buscarlo –dijo Oso.

–Es mejor que vaya yo –se adelantó enseguida Marmota–. No sea que se te resfríe la nariz.

Y, decidida, fue hacia la puerta y la abrió…

Enseguida volvió a cerrarla a toda prisa
y corrió con unos ojos que se le salían
de las órbitas.

–¿Qué te pasa? –se preocupó Oso.

–Grjtdfmrrrr... –intentó articular Marmota–.
¡Es... un... *tanfasma*!

–¡Pues sí que estamos bien! Primero
un vendedor de regaderas ¡y ahora un
fantasma! –exclamó Oso–. Voy a ver
qué pasa.

Óso creyó que era un muñeco de nieve, pero, cuando se acercó, reconoció los ojos de su amigo y exclamó:

–Pero, Pato, ¿qué haces aquí sin llamar a la puerta?

–Es que tengo una pregunta, pero no quería molestar –se explicó Pato, chasqueando el pico.

–¿Una pregunta? –dijo Oso, cogiéndolo en brazos.

–Si vosotros sois fantasmas, ¿cómo es que puedo veros? ¿O es que yo también me he vuelto un fantasma?

–¡Ja, ja, ja! ¡Eres el fantasma de Marmota, en todo caso! –se rio Oso.

El Oso tapó a Pato con una manta y mandó a Marmota que le trajera una taza de chocolate bien caliente.

El crepitar del fuego y el susurro de los copos de nieve llenaban de calma el atardecer.

De repente, una sombra bailó en la ventana y Marmota chilló:

–¿Lo habéis visto?

–¿El qué? –preguntaron distraídos Oso y Pato.

Afuera se oían unos pasos sobre la nieve.

Los tres animales vieron pasar una sombra, como un relámpago, y otra que se escondía con ojos de espía.

Las sombras se movían con un rumor silencioso cuando...

–Toc-toc –sonó la puerta.

–¡No abras, que son ellos! –suplicó Marmota.

–¿Ellos? ¿Quién? –preguntó Pato.

–¡Los *tanfasmas*!

–Los fantasmas no llaman a la puerta –dijo Oso, yendo a abrir.

–Venimos a ver a los fantasmas –anunció Avestruz.

Rana había visto el cartel y había hecho correr por el bosque la noticia de que en casa de Oso había fantasmas. Los animales, que no habían visto nunca ningún fantasma y eran muy curiosos, fueron corriendo a cotillear.

–Pasad, pasad –rio Oso–. Marmota os servirá una buena merienda y os explicará la historia de los fantasmas.

Y así fue como la casa de Oso se llenó de un montón de
animales dispuestos a escuchar una historia increíble
de fantasmas.

Oso, Marmota y Pato se encuentran cada tarde.
Juegan a los dardos y a encontrar tesoros escondidos.
Oso baila, Marmota canta y Pato pregunta, como si
fueran estrellas.
Los tres se mueren de risa.

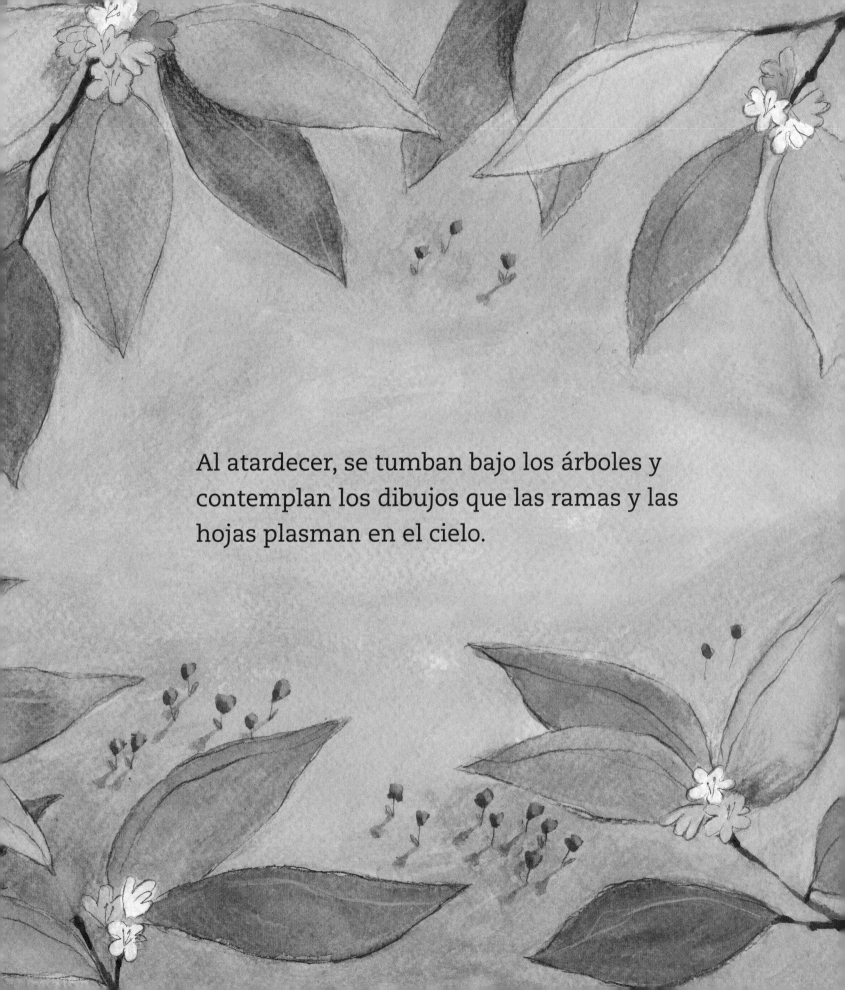

Al atardecer, se tumban bajo los árboles y contemplan los dibujos que las ramas y las hojas plasman en el cielo.